LES ÉCOLES
DU BOUT DU MONDE
VIÊTNAM

Pour Mai Anh, Khué et Minh...
D. D.

24-32, rue des Amandiers, 75020 Paris – France

Direction générale : Gauthier Auzou
Responsable éditoriale : Maya Saenz-Arnaud
Conception graphique : Alice Nominé
Responsable fabrication : Jean-Christophe Collett
Fabrication : Bertrand Podetti

Loi n° 49-956 du 16 juillet 1949 sur les publications destinées à la jeunesse,
modifiée par la loi n° 2011-525 du 17 mai 2011.
Dépôt légal : septembre 2013. Imprimé en Serbie.

Produit conçu et fabriqué sous système de management de la qualité certifié AFAQ ISO 9001.

LES ÉCOLES DU BOUT DU MONDE

Les matelots de la rivière Caï

Écrit par Didier Dufresne
Illustré par Caroline Piochon

AUZOU romans Pas à pas

1 Dépêche-toi, Mai Anh !

Il est six heures. La ville de Nha Trang est éveillée depuis longtemps. Dans quelques heures, il fera épouvantablement chaud… Alors, le long de l'avenue Tran Phu, entre la mer et le bitume, certains habitants profitent encore de la fraîcheur du matin pour faire quelques mouvements de gymnastique, deux ou trois passes de foot ou un peu de marche avant d'aller travailler. Les *motobikes* ronronnent sur l'avenue, les taxis klaxonnent et, sur le trottoir, les femmes ont installé leurs petits restaurants de rue. Au 28 Hoa Lu, Grand-Mère balaie la cour pendant que Grand-Père répare son antique vélo. Khué est levée depuis longtemps. Elle a préparé le petit déjeuner de sa fille et appelle :

— Mai Anh, il est l'heure !

Mai Anh repousse sa couverture avec un grognement et se lève péniblement pour aller faire sa toilette.

Ensuite, dans la cuisine, elle attrape ses baguettes et s'écrie :

— Bonjour maman ! Qu'est-ce que j'ai faim !

Khué remplit un bol de nouilles et de légumes, y verse une louche de bouillon. Mai Anh prend le bol qui lui brûle les mains et va s'installer dans la cour. Minh, son père, descend de la petite pièce qui lui sert d'atelier. Le pinceau à la main et la cigarette déjà au bec, il se verse un verre de thé.

— C'est pas bien de fumer, tu le sais, grogne Mai Anh.

Minh hausse les épaules avec un petit sourire gêné et change aussitôt de sujet :

— Tu as bien appris tes leçons ?

Mai Anh fait « oui » de la tête, les joues gonflées de nouilles. Quand elle a fini d'engloutir son petit déjeuner, sa mère lui tend son uniforme :

— Dépêche-toi ! Tu vas encore être en retard...

Mai Anh attrape le chemisier blanc et la jupe bleue à bretelles. Elle se cache derrière les fleurs de Grand-Mère, s'habille en vitesse et balance son pyjama par-dessus les orchidées. Grand-Père le ramasse en fronçant les sourcils, mais Mai Anh se précipite sur lui et l'embrasse. Il sourit et lui glisse à l'oreille :

— Fais honneur à ton grand-père à l'école aujourd'hui...

Grand-Mère lui donne un beignet encore chaud roulé dans une feuille de bananier.

— Tu le mangeras plus tard, dit-elle. Et travaille bien, c'est important...

Mai Anh lève les yeux au ciel. Qu'est-ce qu'ils ont tous à répéter « Dépêche-toi ! », « Travaille bien ! », « Fais tes devoirs ! »... Y a pas que l'école, dans la vie ! Et tout en attachant ses cheveux avec un ruban rouge, Mai

Anh rêve d'aventures, de princes charmants et de la dernière coiffure à la mode…

Sur le trottoir, Khué a mis la moto en route et klaxonne.

— Voilà ! J'arrive, y a pas le feu ! soupire Mai Anh.

Elle embrasse Grand-Mère, empoigne son cartable, son casque rose, et s'assoit derrière sa mère. D'une tape sur l'épaule, Mai Anh donne le signal du départ…

Sur l'avenue, les motos qui arrivent de partout ne connaissent pas toujours les « stop » et circulent parfois à contre-sens. Mais Khué a l'habitude. Elle s'engage dans la circulation sans hésiter, le buste bien droit et le regard lointain… Au cœur des embouteillages, dans le bourdonnement des moteurs et les appels stridents des Klaxon, Mai Anh essaie de repérer les copines et les copains. Voilà la moto des trois frères N'Guyen, deux assis derrière le père et le petit debout devant. Plus loin, elle aperçoit Binh et Hien, deux filles de sa classe... Et en voilà encore qui courent sur le trottoir en riant. Ce n'était pas la peine de tant se dépêcher !

Khué stoppe devant l'entrée de l'école

complètement encombrée par des motos arrêtées dans tous les sens. Des nuées d'élèves en uniforme se bousculent devant le portail. Mai Anh met pied à terre, attache son casque rose à la selle de la moto et s'écrie :

— À ce soir, maman !

Elle se précipite dans la cour, plus pressée de voir ses copines que de rentrer en classe. Mais à peine a-t-elle eu le temps de bavarder un peu qu'un coup de sifflet retentit. Puis les haut-parleurs grésillent quand le directeur s'empare du micro. Il répète :

— Alignez-vous… Alignez-vous... Les garçons d'un côté, les filles de l'autre…

Les rangs se forment rapidement dans la cour. Chacun sa place, toujours la même...

Un élève hisse le drapeau et tous se mettent à chanter l'hymne national. Le directeur fait ensuite un long discours que Mai Anh connaît par cœur : travail, réussite, patrie, mérite... Vient alors le moment traditionnel de la remise des drapeaux aux meilleurs élèves. Ils viennent s'aligner devant tout le monde, roses de fierté. Puis c'est le tour des cancres, des étourdis, des rêveurs, de ceux qui oublient leurs affaires, ne font pas leurs devoirs ou se tiennent mal en classe. Le nez baissé, ils subissent les reproches du directeur et écoutent, résignés, le micro qui crachote la liste impressionnante de leurs punitions. Une fois cette cérémonie terminée, l'orchestre des élèves de l'école joue un petit air avant qu'un coup de sifflet n'envoie tout le monde en classe.

2 Un vrai pot de colle !

Mai Anh et ses camarades suivent la maîtresse jusqu'à la classe où tout le monde s'installe sans bruit. Mais voilà qu'aujourd'hui Mai Anh se retrouve assise près d'un garçon qu'elle ne connaît pas.

— Je vous présente Thanh, un nouvel

élève qui rejoint notre classe aujourd'hui, dit la maîtresse.

Et elle ajoute avec un sourire moqueur :

— Ne fais pas cette tête, Mai Anh. Il ne va pas te manger !

Toute la classe éclate de rire et Mai Anh rougit. Mais le calme revient vite et le travail commence par la leçon de mathématiques.

Pendant tout le cours, Mai Anh s'efforce de ne pas tourner la tête vers son nouveau voisin. Mais c'est plus fort qu'elle, elle ne peut s'empêcher de l'observer à la dérobée.

Thanh a la peau bronzée par le soleil et ses yeux noirs fixent la fenêtre. Mai Anh déteste le bronzage. Dès qu'il y a un rayon de soleil, elle met un chapeau à large visière, enfile de longs gants qui protègent ses avant-bras et porte même un masque sur le bas du visage. « Tu auras toujours la peau douce en te cachant du soleil », lui dit souvent Grand-Mère. Et c'est vrai qu'ici, au Viêtnam, les filles fuient le soleil comme la peste. Thanh doit passer son temps à courir dans les rues pour avoir la peau si sombre. Il ne doit pas aimer l'école, car il ne semble pas écouter la leçon, le regard perdu dans le lointain. Mai Anh se promet d'en savoir un peu plus sur ce nouveau camarade. Après tout, elle n'a pas demandé à l'avoir pour voisin, autant qu'elle fasse un peu connaissance...

À la récréation, Mai Anh ne quitte pas Thanh d'une semelle. Elle lui demande :

— Où tu habites ? Que font tes parents ? Tu as des frères et sœurs ?

Mais Thanh n'est pas bavard. Il marche de long en large dans la cour, à grandes enjambées, comme pour distancer cette fille aussi collante qu'un pot de miel. Mai Anh est têtue, elle ne le lâche pas ! Thanh, lassé, finit par s'asseoir sur un banc. Mai Anh s'empresse de se poser près de lui. Elle insiste :

— Allez, dis quelque chose, au moins...

Thanh regarde ailleurs, fait semblant de ne pas l'entendre et sort de sa poche une feuille de papier pliée en quatre. Mai Anh est curieuse :

— Tu me montres ?

Thanh fait « non » de la tête. Alors elle lui arrache la feuille des mains et s'enfuit en riant. Aussitôt, le garçon la poursuit, mais elle tourne autour des arbres en agitant la feuille de papier.

— Attrape-moi si tu peux ! ricane-t-elle.

Thanh s'arrête de courir, le jeu ne l'amuse plus. Alors Mai Anh déplie la feuille, y jette un œil et s'écrie :

— Waouh ! Des dessins de bateaux !

Thanh se précipite sur elle, furieux.

— Rends-moi ça ! gronde-t-il.

Mai Anh cache la feuille dans son dos, mais en voyant le regard plein de colère de

Thanh, elle comprend qu'elle est allée trop loin. Elle lui tend le papier en murmurant :

— Si je te rends tes bateaux, on fait la paix ?

Thanh semble hésiter. Puis il finit par sourire et tend la main en disant :

— D'accord…

— La voilà ta feuille, dit Mai Anh. Mais dis-moi pourquoi ces dessins sont si importants ?

— C'est pas tes affaires, grommelle Thanh en s'éloignant.

— Je croyais qu'on avait fait la paix ! bougonne Mai Anh.

De toute la journée, Mai Anh n'apprend rien de plus sur son nouveau voisin de classe. Et ce n'est pas faute d'avoir essayé ! Elle a beau le questionner, lui faire les yeux doux et son sourire enjôleur numéro un, se mettre en colère, rien n'y fait. Thanh reste muet.

— Tu es fermé comme une huître ! finit-elle par lui lancer. Je ne t'adresse plus la parole !

À la sortie de l'école, Mai Anh se précipite vers le marchand de bonbons. Assis sur le siège de son triporteur, le vendeur, accompagné par une musique d'enfer, distribue beignets, bonbons et canettes de jus de fruits aux élèves qui lui tendent des pièces en piaillant. Mais voilà que Mai Anh aperçoit Thanh qui s'éloigne. Oubliant les bonbons, elle fourre sa pièce dans sa poche et décide de le suivre. Ça tombe bien, Khué ne vient pas la chercher aujourd'hui et elle rentre à pied à la maison. Elle a donc tout son temps. Ce garçon est bien trop mystérieux pour qu'elle n'ait pas envie d'en savoir plus.

Le voilà qui file vers le marché couvert et Mai Anh lui emboîte le pas. Thanh trottine entre les étalages de fruits et de légumes. Puis il zigzague dans la halle aux poissons… Mai Anh a bien du mal à ne pas le perdre de vue. Il sort du marché, traverse la marée de motos qui sillonnent l'avenue, se mêle aux passants sur le trottoir et finit par disparaître dans une petite rue. Mai Anh s'y engage à sa suite, mais plus de Thanh ! Elle se met à courir tout en regardant à droite et à gauche. « Où a-t-il bien pu passer, cet idiot ? » pense-t-elle. Il n'a pas pu se volatiliser ! Mais voilà que, soudain, Thanh se dresse devant elle. Il grogne :

— Tu me suivais !

Mai Anh baisse la tête et répond :

— Oui... Je voulais connaître ton secret.

Thanh pousse un long soupir, lève les yeux au ciel. Qu'a-t-il fait pour rencontrer un pot de colle pareil ? Mais en voyant le regard confus de sa poursuivante, il sourit et lui dit :

— Toi, quand tu as une idée derrière la tête... Mais puisque tu tiens tant à connaître mon secret, alors viens, suis-moi.

3 Le secret

Thanh entraîne Mai Anh dans des rues de plus en plus petites. Le bitume fait place à la terre battue et bien qu'on ne soit pas loin du centre-ville et des grands hôtels modernes, les poules picorent sur la route et les enfants jouent tout nus dans la poussière.

— Je ne suis jamais allée par là, murmure Mai Anh, inquiète. C'est encore loin, ton secret ?

— On y est presque, miss trouillarde ! ricane son guide qui a l'air de parfaitement savoir où il va.

Bientôt, ils entendent le bruit des vagues et les cris des hirondelles de mer. « On n'est pas loin du port et de l'embouchure de la rivière Caï », se dit Mai Anh. Thanh s'engage alors dans une minuscule ruelle qui s'ouvre dans une haie de bambous. Ils avancent maintenant entre des buissons qui viennent leur griffer les mollets. Puis le sentier s'arrête net devant une haute clôture grillagée. Thanh montre une porte de métal rouillé et dit :

— C'est là.

Thanh pousse la porte d'un coup d'épaule et invite Mai Anh à le suivre. Ils pénètrent sur un vaste terrain dominant le paysage. Au loin, la rivière Caï déverse son eau jaune dans le bleu de la mer. Des bateaux de pêche, ornés de drapeaux, se dandinent dans le port qui s'étend sur la droite. Partout autour d'eux, des carcasses de bateaux de bois pourrissent au soleil. Un peu plus loin, à demi cachés par les arbres, des ouvriers s'affairent dans un vacarme de scies et de marteaux. Thanh murmure :

— Nous sommes sur le chantier de bateaux. Il ne faut pas se faire voir. Viens...

Il suit la clôture, le dos courbé.

— On est bientôt arrivé à ma cachette, chuchote Thanh. C'est par là...

Il se glisse entre d'épais buissons et disparaît. Quand Mai Anh le rejoint, elle le trouve au milieu d'une petite clairière parfaitement dissimulée par la végétation. Thanh lui montre en souriant un assemblage de petites poutres et de planches.

— Moi aussi, je construis mon bateau. Il est presque fini, regarde !

Mai Anh caresse la coque du bateau. Puis elle se tourne vers Thanh et murmure :

— C'est ça ton secret ! Il est magnifique...

— Quand il sera terminé, je pourrai aller sur la rivière et peut-être même en mer, annonce fièrement Thanh. Je serai pêcheur... Personne ne sait que je viens ici. Je récupère du bois et j'utilise les outils en cachette. Les ouvriers du chantier me chasseraient s'ils apprenaient ce que je fais. Promets-moi de ne pas en parler.

— Je te le jure ! Mais je voudrais quelque chose en échange.

— Quoi donc ?

— Je voudrais t'accompagner de temps en temps ici, je pourrais t'aider. Et puis aussi...

Mai Anh regarde le sol et murmure :

— J'aimerais bien que tu sois mon ami.

Thanh n'hésite pas longtemps et répond :

— C'est oui !

Mais les coups de marteaux des ouvriers s'arrêtent soudain. Des voix résonnent. On s'approche...

— Filons d'ici, on va se faire repérer ! chuchote Thanh en prenant la main de sa nouvelle amie.

Et ils disparaissent à toute allure sur le sentier par lequel ils étaient venus.

Depuis ce jour-là, Mai Anh et Thanh ne se quittent plus. D'ailleurs les autres élèves l'ont bien remarqué et n'arrêtent pas de ricaner en les montrant du doigt. Mai Anh ne hausse même plus les épaules quand elle entend cent fois par jour glousser les copines dans son dos : « Oh les amoureux ! » Elle s'en moque...

Une fois par semaine, Khué ne vient pas

la chercher car elle travaille tard. Mai Anh en profite pour accompagner Thanh sur le chantier. Parfois elle l'aide. Elle fait le guet, passe les outils ou va récupérer quelques planches... Parfois elle ne fait rien, elle regarde son ami travailler en pensant à des voyages lointains sur des mers chaudes ou des fleuves déchaînés.

Ce que ne comprennent pas les parents de Mai Anh, c'est pourquoi une fois par semaine elle rentre les mollets griffés et les doigts pleins de terre. Alors elle a fini par inventer une histoire de jeu de balle organisé ce jour-là par sa bande de copines. Ses parents ont eu l'air d'y croire... Et de semaine en semaine, le secret est resté bien gardé et la construction du bateau a avancé. Si bien qu'un jour, après le cours de dessin, Thanh annonce :

— Mon bateau sera fini demain. Ce soir,

je n'ai plus qu'à fixer la voile et il sera prêt.

Puis il lui tend une feuille de papier en disant :

— C'est pour toi. Un cadeau...

Mai Anh déplie la feuille. C'est un dessin... Il représente un petit bateau de bois sur une mer toute bleue. Dedans, une fille et un garçon. Elle pose son doigt sur les deux enfants et demande :

— C'est nous, là ?

— Oui, c'est nous.

— Alors demain, tu m'emmèneras en croisière, comme les princesses ? demande Mai Anh.

— Jusqu'au bout du monde si tu veux, miss rêveuse ! ricane Thanh.

À la sortie de l'école, Mai Anh regarde son ami filer vers le chantier de bateaux. Il lui fait des signes de la main. Khué arrive juste à ce moment-là et gare sa moto derrière sa fille. Elle sourit en la voyant dévorer des yeux ce petit gamin qui lui fait de grands gestes. Elle demande :

— C'est ton amoureux ?

Mai Anh se retourne, surprise. Et voyant le regard malicieux de sa mère, elle s'écrie :

— N'importe quoi ! C'est un copain, c'est tout !

Khué fait une moue étonnée et lui tend son casque rose en soupirant :

— Puisque tu le dis...

4 Disparition

Le lendemain, Mai Anh est l'une des premières devant l'école. Maintenant, sa mère n'a plus besoin de la faire se presser le matin... À peine est-elle arrivée qu'elle cherche Thanh des yeux. Il n'est pas encore là et, à côté du marchand de bonbons, Mai Anh s'impatiente...

Les élèves arrivent maintenant en masse et s'engouffrent dans la cour par le portail désormais grand ouvert. Et toujours pas de Thanh !

— Tu attends ton chéri, se moque Hien alors que la sonnerie retentit.

Mai Anh lui tire la langue et entre à pas lents dans la cour. Thanh n'est jamais vraiment en avance, mais jamais en retard non plus. Mai Anh est un peu inquiète. Énervée même, par cette absence. Et si Thanh était parti seul avec son bateau ? Ou pire, s'il avait décidé de montrer son chantier secret à une autre fille de l'école ? Dès qu'elle y pense, Mai Anh contrôle du regard les plus jolies de ses amies. Non... Elles sont toutes là. Alors où peut-il bien être passé ?

C'est sans entrain que Mai Anh s'aligne

avec les autres et entonne l'hymne national. Discrètement, elle jette des regards en arrière. Si Thanh arrive en pleine cérémonie, il va avoir droit à une punition gratinée ! Mais il n'y a toujours personne à côté d'elle quand la classe se range pour aller en cours. La maîtresse note l'absence de Thanh sans faire de commentaires et, jusqu'à la récréation, la chaise de Thanh reste vide.

Dans la cour, Mai Anh se sent abandonnée. Assise toute seule sur un banc, la tête dans les mains, elle regarde les élèves s'amuser sans vraiment les voir... Elle aperçoit alors une dame qui entre dans la cour. Mai Anh se redresse, intriguée. Elle ne connaît pas cette femme. Elle est certaine de ne l'avoir jamais vue et pourtant, son visage lui semble familier… La femme se dirige vers le directeur qui discute avec quelques-uns de ses collègues. Elle le salue poliment et se met à lui parler à toute vitesse. Sans savoir pourquoi, Mai Anh se lève et, mine de rien, se rapproche d'eux. Arrivée à bonne distance, elle se cache derrière un arbre et écoute la conversation.

La dame semble affolée et le directeur tente de la calmer.

— Je vous répète que mon fils n'est pas rentré hier soir, gémit la femme au bord des larmes. Nous l'avons cherché partout. C'est un gentil garçon, vous savez...

— Il ne s'est pas présenté ce matin, répond le directeur. Je ne peux vous en dire plus. Avez-vous pensé à prévenir la police ?

— La police ! Vous n'y pensez pas ! Mon fils n'est pas un voleur...

— Je n'ai pas dit que Thanh était un voleur, assure le directeur, mais comprenez bien que je ne peux rien faire...

Derrière son arbre, Mai Anh sursaute. Voilà pourquoi cette femme lui semblait familière. C'est la mère de Thanh ! Elle a la même peau sombre de ceux qui travaillent au soleil, la même façon de marcher.

La mère de Thanh pleure en silence devant

le directeur embarrassé. Mai Anh sort de sa cachette, se plante courageusement devant le directeur et déclare :

— Je crois savoir où est Thanh. Si vous voulez, je vais vous y conduire…

— Qu'est-ce que tu racontes là ? gronde le directeur. Et comment sais-tu ça ?

— Je ne peux pas vous le dire, répond Mai Anh. C'est un secret entre Thanh et moi… Mais il est peut-être en danger. Je sais où le trouver.

— Je vous en prie, monsieur le directeur, écoutez la petite, supplie la maman. Venez, elle va nous aider à retrouver mon fils.

Le directeur pousse un long soupir, confie son sifflet et son impressionnant trousseau de clefs à l'une de ses collègues. Puis il écarte les bras et déclare d'un air résigné :

— Je ne sais pas pourquoi je fais ça. C'est le travail de la police ! Je risque ma place ! Enfin... Allons-y.

— Merci... Merci... murmure la mère de Thanh.

Et elle ajoute en s'adressant à Mai Anh :

— Montre-nous le chemin, petite. Vite...

Dans les rues de la ville, la mère de Thanh et le directeur suivent Mai Anh qui se faufile dans les allées du marché, puis les entraîne dans les ruelles poussiéreuses qui mènent au port. La jeune femme demande sans cesse à Mai Anh :

— Tu es certaine que c'est par là ?

— Oui, oui...

Le chemin du chantier de bateaux, Mai Anh le connaît par cœur. Et s'il y a bien un endroit où trouver Thanh, c'est là ! « Et s'il n'y était pas ? » se demande-t-elle soudain. Si le bateau n'y était plus non plus ? Elle n'ose penser à ce que dirait le directeur si c'était le cas. De toute façon, tout le monde sera bientôt fixé, car les voilà tous les trois engagés sur l'étroit sentier qui mène au chantier. Le directeur n'arrête pas de trébucher. Ses chaussures noires, qu'il avait fait cirer ce matin, sont couvertes de poussière et les ronces griffent le pantalon de son plus beau costume.

— Mais où nous emmènes-tu donc, Mai Anh ? bougonne-t-il.

— On y est presque...

Ils arrivent devant la clôture du chantier de bateaux. Mai Anh les guide jusqu'à la porte en fer. Et là, surprise, la porte est fermée avec un énorme cadenas !

5 Démasqué !

Le directeur de l'école soupèse le cadenas.

— Je serais très étonné que ton ami ait pu rentrer ici, ma petite, déclare-t-il.

Mai Anh n'y comprend plus rien. Jamais il n'y avait eu de cadenas sur cette porte.

— Maintenant, il va falloir nous expliquer ce qui se passe ! menace le directeur.

Alors Mai Anh raconte tout, la construction du bateau, les morceaux de bois récupérés, les outils empruntés...

— Si je comprends bien, dit le directeur, il y a de grandes chances que ce vaurien soit enfermé à l'intérieur.

Il secoue le cadenas, ne réussissant qu'à faire un accroc à sa veste.

— Nom d'un buffle ! s'écrie-t-il. Mon costume !

Il se retourne vers la jeune femme et lui dit :

— Ne bougez pas d'ici. Quelqu'un doit bien avoir la clef de ce fichu cadenas !

Et il s'éloigne en se tordant les pieds dans le chemin.

Il revient bientôt avec le gardien. L'homme

choisit une des clefs qui pendent à sa ceinture.

— Vous comprenez, explique-t-il pendant qu'il ouvre le cadenas, des ouvriers se sont aperçus que des outils disparaissaient, qu'il manquait des planches. On a pensé à des voleurs et je me suis souvenu de cette porte. Je suis venu hier soir y mettre un cadenas. Voilà, c'est ouvert...

L'homme pousse la porte qui s'ouvre en grinçant.

— Venez, c'est par là, dit Mai Anh en s'élançant vers le chantier.

Quand ils arrivent dans la clairière, le bateau est bien là, mais aucune trace de Thanh. L'ouvrier ramasse une scie qui traîne sur le sol.

— Vous voyez, dit-il. Quelqu'un se sert

de nos outils pour fabriquer un bateau en cachette.

— Alors, mademoiselle, demande le directeur à Mai Anh, où est-il, votre constructeur de bateau ?

— Ben... Je ne sais pas, soupire Mai Anh.

La mère de Thanh appelle :

— Thanh ! Où es-tu ? Réponds-moi !

— Allons voir au bord de l'eau, dit le directeur. J'ai peur qu'il soit arrivé un malheur...

Les eaux boueuses de la rivière Caï clapotent sur les rochers de la berge. Les mains en porte-voix, le directeur appelle :

— Thanh ! Thanh !

— Regardez ! s'écrie soudain Mai Anh.

De petites empreintes de pieds nus courent sur la boue du rivage. Elles s'évanouissent dans l'eau sombre. Mai Anh pâlit. Elle ne veut pas penser que Thanh ait pu être emporté par la rivière. Mais au moment où une larme coule sur sa joue, un cri retentit :

— Maman ! Mai Anh !

Trempé de la tête aux pieds, Thanh court vers eux et se jette dans les bras de sa mère.

Une fois séché et la veste du directeur sur les épaules, Thanh s'explique :

— Hier soir, quand j'ai voulu sortir, il y avait un cadenas. Impossible d'ouvrir ! Je suis resté enfermé là et j'ai dormi dans mon bateau. Ce matin, j'ai essayé de traverser la rivière à la nage, mais il y avait trop de courant.

— Mais tu ne nous entendais pas t'appeler tout à l'heure ? grogne le directeur.

— J'avais peur d'être grondé, murmure Thanh en regardant ses pieds nus et boueux.

Sa mère le serre contre elle. Elle se moque bien de ce qu'il a fait... Ce qui compte, c'est qu'elle l'ait retrouvé ! Mais pour faire bonne figure devant le directeur, elle lui dit sur un ton de reproche :

— Tu n'as pas le droit de faire ça ! C'est interdit. Nous étions très inquiets ! Et regarde dans quel état est le beau costume de monsieur le directeur !

Le gardien appelle alors le directeur :

— Venez voir le bateau de plus près.

Tout le monde remonte dans la clairière. L'homme passe la main sur l'arrondi de la coque, en connaisseur, et ajoute :

— La construction est solide, le bateau bien équilibré. C'est du beau travail. Ce gamin est doué !

Le directeur s'approche de l'embarcation.

— C'est vrai qu'il a de l'allure ! Tu as dessiné les plans tout seul ?

— Oui, m'sieur, répond Thanh. J'ai la passion des bateaux. Mon père était pêcheur, vous savez...

— Bien sûr que je sais, mon petit, dit le directeur d'une voix radoucie. On m'a dit que c'était un bon pêcheur et un bon papa.

Mais la mer est parfois cruelle.

Mai Anh regarde Thanh avec tendresse. Son ami ne lui avait pas confié tous ses secrets.

Le directeur, lui, s'est accroupi et examine l'embarcation sous toutes ses coutures.

— Tu es un petit voyou, Thanh, dit-il, avec le sourire cette fois. Un voyou, mais un sacré constructeur de bateaux ! Si je te fournissais le bois et des outils, serais-tu capable de construire le même pour mon fils ?

Thanh sent que ses affaires s'arrangent. Avec un peu de chance, il pourrait éviter la punition et il s'empresse de répondre :

— Mais oui, m'sieur ! Bien sûr m'sieur !

— Alors rentrons... Tu nous a fait perdre assez de temps !

Le lendemain, à l'école, c'est le jour de la

remise des récompenses. Le directeur remet des petits drapeaux aux meilleurs élèves, puis il annonce :

— L'élève Thanh, lui, sera sévèrement puni pour avoir gravement désobéi et mis sa vie en danger.

Tête basse, Thanh écoute le directeur énoncer sa punition :

— L'élève Thanh restera à l'école deux heures tous les soirs après la classe. La punition sera levée quand il aura fini de peindre une fresque pour décorer le préau.

Thanh se redresse, tout étonné, et fait son plus beau sourire.

Un mois plus tard, le dessin de Thanh est terminé. Il faut dire que Mai Anh est restée l'aider. Maintenant, sous le préau de l'école, on peut voir un magnifique bateau de bois sur une mer toute bleue. Et dedans une fille et un garçon…

La punition est levée aujourd'hui. À quatre heures, Thanh et Mai Anh filent au chantier. Ils tirent le petit bateau jusqu'au bord de l'eau. Alors, Thanh prend la main de Mai Anh et dit :

— Après vous, mademoiselle…

Et Mai Anh répond :

— À vos ordres, capitaine !

FIN

À chaque pays,
son École du bout du monde !

Les écoles du bout du monde
Les patineurs de Saint-Arsène

Les écoles du bout du monde
Les matelots de la rivière Caï

Les écoles du bout du monde
Le fantôme de Brighton

Les écoles du bout du monde
Le Kiwi de Rotorua

Les écoles du bout du monde
Les champions de Samara

Découvre les autres héros de la collection Pas à pas !

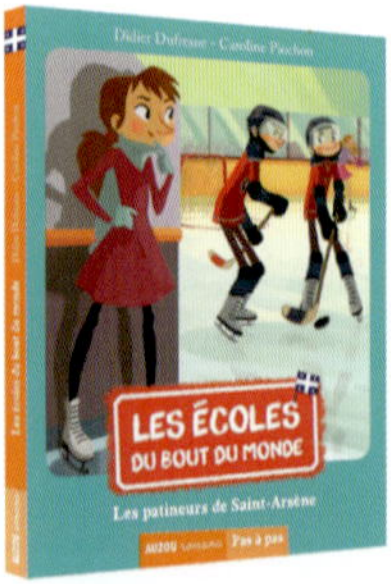

Les écoles du bout du monde
Les patineurs de Saint-Arsène

Les écoles du bout du monde
Les matelots de la rivière Caï

Les écoles du bout du monde
Le fantôme de Brighton

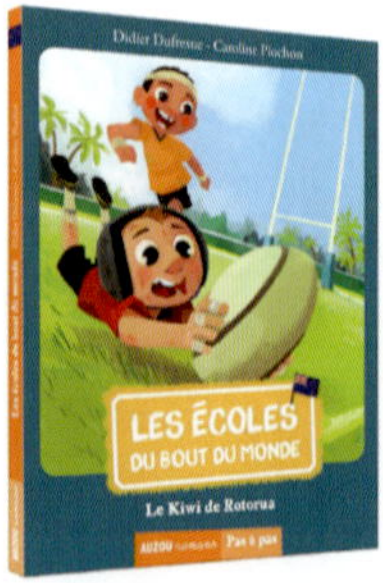

Les écoles du bout du monde
Le Kiwi de Rotorua

Les écoles du bout du monde
Les champions de Samara

Les p'tites créatrices
Le défilé de Kate

Les p'tites créatrices
Le concours de Paola

Les p'tites créatrices
Le spectacle d'Akiko

Les p'tites créatrices
Le reportage de Mariam

Les p'tites créatrices
L'atelier de Juliette

Les p'tites créatrices
Le défi de Yoli

Les grandes oreilles

Découvre les autres héros de la collection Pas à pas !

Les écoles du bout du monde
Les patineurs de Saint-Arsène

Les écoles du bout du monde
Les matelots de la rivière Caï

Les écoles du bout du monde
Le fantôme de Brighton

Les écoles du bout du monde
Le Kiwi de Rotorua

Les écoles du bout du monde
Les champions de Samara

Les p'tites créatrices
Le défilé de Kate

Les p'tites créatrices
Le concours de Paola

Les p'tites créatrices
Le spectacle d'Akiko

Les p'tites créatrices
Le reportage de Mariam

Les p'tites créatrices
L'atelier de Juliette

Les p'tites créatrices
Le défi de Yoli

Les grandes oreilles

Découvre les autres héros de la collection Pas à pas !

Sarah danse
Premiers pas sur scène

Sarah danse
Le grand concours

Sarah danse
Bienvenue à l'opéra !

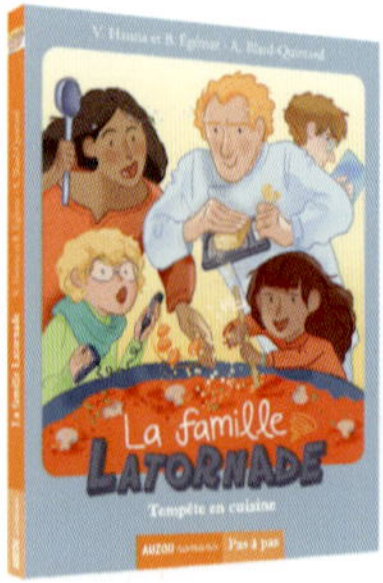

La famille Latornade
Tempête en cuisine

La famille Latornade
Tourbillon au Japon

L'enfant-dragon
1- La première flamme

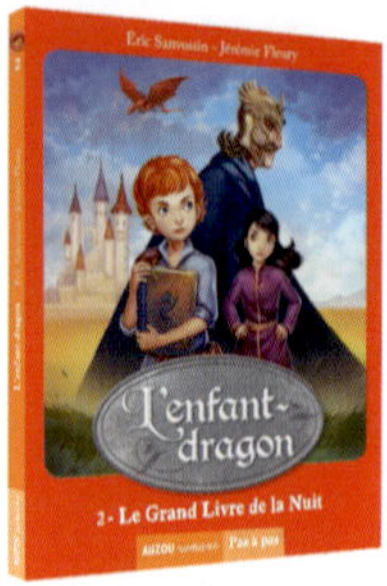

L'enfant-dragon
2- Le Grand Livre de la Nuit

L'enfant-dragon
3- Le fils de l'eau et du feu

L'île aux dragons
1- Braise

L'île aux dragons
2- Le Borgne rouge

L'île aux dragons
3- L'homme aux jambes de fer

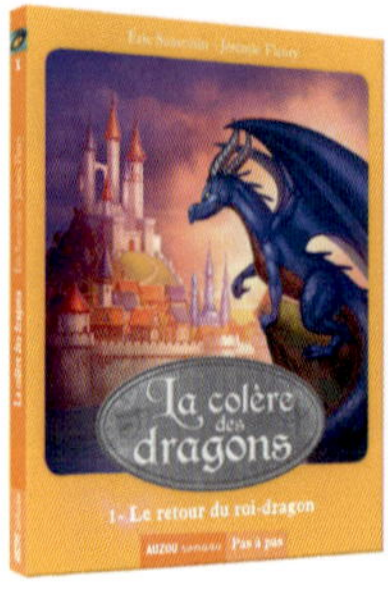

La colère des dragons
1- Le retour du roi-dragon

Table des matières